AF192557

24 surreale Erzählungen

von Fulvio D'Agostino

der Farbe Grün gewidmet

Über den Autor:

Fulvio D'Agostino ist als halber Italiener, halb Schweizer am Bodensee, im Kanton Thurgau, aufgewachsen.

Er studierte klassische Gitarre an der Zürcher Hochschule der Künste Zürich und ist nun als Gitarrenlehrer und Musiker im Kanton Zürich tätig.

Neben der Musik widmet sich Fulvio D'Agostino auch der Malerei und macht Ausstellungen sowie Privataufträge.

Er lebt mit seiner Familie in der Zürcher Kulturstadt Winterthur.

Weitere Informationen unter:

www.fulviodagostino.com

Fulvio D'Agostino

GRÜN

Impressum

Bibliografische Information der Deutschen Nationalbibliothek:
Die Deutsche Nationalbibliothek verzeichnet diese Publikation in der Deutschen
Nationalbibliografie; detaillierte bibliografische Daten sind im Internet über http://dnb.dnb.de
abrufbar.

© 2022 Fulvio D'Agostino

Foto Vorderseite: Barbara D'Agostino (unten), Fulvio D'Agostino (oben)

Foto Rückseite, Gemälde, Zeichnungen und Gestaltung: Fulvio D'Agostino

Herzlichen Dank an Polina und Filomena D'Agostino, Otto Höschle, Getoar Krasniqi und auch
an meine Inspiration pur 🐑 Franz Hohler!

Herstellung und Verlag: BoD – Books on Demand, Norderstedt

ISBN: 978-3-754-3288-73

Inhaltsverzeichnis

Die Entstehung

Es ist früh am Morgen, der Himmel noch sterngesprenkelt und ein Hauch einer Mondsichel hängt in der kühlen Luft.

Ich frage mich, ob heute jemand den Uhrzeigersinn umgedreht hat oder weshalb ich eigentlich bereits wach bin.

Scheinbar hat mich aber jemand aufgeweckt, um mir Tusche und Feder in die Hand zu drücken und die Geschichten einiger in mir schlummernden Geister zum Leben zu erwecken.

Durch das im Morgenlicht nun lilafarben erscheinende Schlafzimmer unter einem Maulbeerbaum, dringen orangene Sonnenstrahlen ein und an der Wand tanzen Schatten, die mich auffordern endlich die Feder in die Tusche zu tunken und den ersten Buchstaben zu schreiben.

Die mich verfolgenden Augen in den Gemälden an der Wand haben mich heute Morgen aufgeweckt und mich mit einem Fluch belegt, vierundzwanzig kurze Erzählungen zu schreiben.

...

Bis meine Uhr wieder im Uhrzeigersinn laufen gelernt hatte, war ich von den mysteriösen Augen der Gemälde verhext und schrieb bis der tickende Zeiger wieder fünf Uhr – aber diesmal in der Nacht – angab.

Den Fluch erkannte ich allerdings erst, als er wieder aus der Uhr, durch die unheimlichen Gemälde, über das farbige Schlafzimmer und mit den orangenen Sonnenstrahlen wieder zum Maulbeerbaum aus dem Fenster wich.

1. Der Kaffeegeist

Heute Nachmittag liege ich auf einer frei in der Luft schwebenden Terrasse mitten im kobaltblauen Mittelmeer auf einem Liegestuhl an der Sonne.

Eine leicht salzige Brise streift meine Lippen, die Wellen rauschen und ein kühles Lüftchen weht mir durch die Haare.

Ich schaue auf das Tischlein in die vor mir stehende Espressotasse, weil der Kaffeelöffel, mit dem ich den Zucker umrühren wollte auf unerklärliche Weise stecken blieb.

Kaum wollte ich mit meinen meersalzigen Lippen an die Tasse ansetzen, blitzt und funkelt es und aus dem Dampf des starken, dunkelschwarzen und noch brühendheißen Kaffees und es erscheint plötzlich ein Geist.

„Angenehm sonnig hast Du's hier oben, fast wie im Paradies!", bemerkt der Kaffeegeist etwas forsch.
„Und sonst, wie geht's?", fügt er dann hinzu.

„Gut, könnte nicht besser sein! Und Dir?", antworte ich, ohne zu zögern und rücke meine Sonnenbrille zurecht, die mir vorhin vor Schreck fast runtergefallen ist.

„Mir geht es gar nicht gut!", sagt der Geist kopfschüttelnd und etwas niedergeschlagen.
„Ich bin traurig, weil es auch Dir in Wirklichkeit nicht gut geht. Sonst wäre ich gar nicht hier."

Kreidebleich schaue ich ihn an: „Das stimmt, Du hast recht. Ich versuche meine Sorgen eben zu verbergen, um vor den Menschen glücklich zu erscheinen."

Der Tassengeist klopft mir tröstlich auf die Schulter und sagt: „Trink einen Schluck von diesem Kaffee und komm mit mir mit, ich begleite Dich durch die Höhen und Tiefen Deines endlos weiten Ozeans!"

Der Kaffeegeist packt mich am Arm, zieht mich in die kleine Espressotasse und wir verschwinden in die Zauberwelt.

2. Gokart Rennen Auf Dem Ring Des Saturn

Ich sitze in einem großen gelben Löwenzahnfeld und über mir schweben rosafarbene Wattebäusche.

Eine Gestalt ohne Gesicht in einer Mönchskutte zerrt mich aus meinem traumhaften Zustand und winkt mich mit seinem knochigen grünen Zeigefinger mit spitzigem langem Fingernagel zu sich.

In einem prunkvoll verzierten Rosengarten in einem pastellbläulichen Pavillon weist mich die dunkle Gestalt ohne Worte in einen Gokart.

Wie von allein fährt das Fahrzeug los und ich befinde mich auf einmal mit vielen anderen eigenartigen Wesen im Weltall in einem Autorennen auf dem Ring des Saturn.

Regenbogenfarbig ist die Fahrbahn, auf dem das Wettrennen von statten geht.

Funkelnde Sternschnuppen, leuchtende Planeten und die Milchstraße sind zu sehen in dieser gesprenkelten Umgebung.

Immer farbiger wird unsere Fahrt in Lichtgeschwindigkeit und jede dieser Kreaturen geht jetzt ihren eigenen Weg.

Ich gerate in eine kurvige Wasserrutschbahn, in der ich nichts sehe und flutsche irgendwann in hellblaues Wasser voller Luftblasen.

Erstaunlich lange kann ich, ohne atmen zu müssen in diesem himmelblauen Wasser tauchen, bis mich zwei liebevolle Hände herausziehen und mir ein Leben lang mütterliche Liebe schenken.

3. Der Niemals Anhaltende Zug

Selbstverständlich schaue ich vor dem Einsteigen nicht, wer den Zug fährt und überlasse mein Schicksal blindlings dem Unbekannten.

Heute sitze ich ganz allein in meinem Abteil. Da ich mich etwas unwohl fühle, gehe ich in einen anderen Wagen.

Auch dort ist alles leer.

Die Türen gehen zu und der Zug setzt sich langsam in Bewegung.

Mich überkommt die Angst, in den falschen Zug eingestiegen zu sein, denn auch in allen anderen Wagen ist keine Menschenseele zu sehen.

Ich versuche meine Furcht durch Ablenkung meiner fünf Sinne zu übertönen.

Das gelingt mir aber leider nicht, denn plötzlich geht das Licht aus und ein Bild eines verfaulten Skeletts mit Schaffnermütze und Uniform, das hier und da atom-grün aufleuchtet, bellt mir mit scharfer, gellender Stimme ins Ohr:

„Sehr geehrter Fahrgast, Ihre Fahrt beginnt und endet hier auf diesem Zug. Wir zwingen Sie höflich, KEINEN DRECK liegenzulassen, den Mund zu halten, Ihre Sinnesablenkung umgehend zu unterbinden und sich gefälligst die stetig, aber langsam verändernde Symphonie Ihres Lebens aus dem Zugfenster zu genießen. Halten Sie sich gütigst an die Vorschriften, denn Ihr eigenes Leben hängt davon ab! Ende der Durchsage.“

Die noch unvollendete Symphonie beginnt zu ertönen und das blinkendgrüne Lokführerskelett streut mit breitem Grinsen und schallendem Lachen das Signalhorn der Lokomotive ein, legt noch einen Zahn zu und rattert mit mir als Fahrgast durch

DIE WUNDERVOLLE LANDSCHAFT MEINES LEBENS

4. Das Duell

Grünlich schimmerte der Sand in einer gottverlassenen Gegend in der Wüste.

Ein paar Schwimmer mit ihren weißen Badekappen drehten gemächlich ihre üblichen Runden im giftgrünen Wüstensand.

Santa Fe hieß der Ort, an dem man nun schon die glühend-orangene Feuerkugel am Horizont, hinter den stacheligen Kaktussen niedergehen sah.

Zwei gespenstisch lange Schatten kamen sich an einer Kreuzung langsam näher: Auf der einen Seite der gute alte Restless Slowhand mit seiner rabenschwarzen „Blackie" und auf der anderen der gehörnte Teufel Jimmy mit seinem roten sechssaitigen Zepter.

Etliche Augenpaare blinzelten ängstlich aus ihren Häusern, um das bevorstehende Duell mitzuverfolgen.

Mit einer abgewetzten Cowboygitarre eröffnete Sambo – ein wie aus dem Nichts erschienener Geist ohne Gesicht, mit schwarzem Mantel, Lederhandschuhen und MEXIKANER HUT – den Ring für die beiden Pistoleros.

Slowhand und Teufel Jimmy kniffen ihre Augen zu Schlitzen zusammen und auf den Gongschlag der alten Bahnhofsuhr wirbelte der feine Wüstensand nur so auf, dass niemand mehr etwas von den beiden sah.

Ein Getöse und Gequietsche der Soli entwickelte sich zu einer unerträglichen Kakophonie.

Als der Sand sich wieder legte, sah man nur noch ihre beiden blutigen Waffen am Boden liegen.

Die schwarze Streitaxt Blackie und der rote Dreizack.

Auf einmal kamen alle Leute aus ihren Häusern heraus und auch die Wüstenschwimmer unterbrachen ihren gemütlichen Schwumm und schauten in den Himmel.

Sambo begann nun winselnd mit seinem, in der noch rötlich glimmenden Sonne blitzendem Messingrohr am Finger und den Cowboystiefeln, den Schluss des Duells einzuläuten.

Genau in diesem andächtigen Moment fielen vom Himmel bittere Tränen und man sah Slowhand und Jimmy eine endloslange Treppe zum Himmel hinaufsteigen.

19

5. Der Wachskopf In Der Sonne

Ein schmelzender Wachskopf in der Sonne spricht:

„Was ist das, diese Leere, wenn man so daliegt und alles um einen herum schwarz ist?

Wenn man **ein Verlierer** ist, weil man einen Götzen verehrt hat und meint, dieser hätte Einfluss auf das Leben gehabt.

Jetzt ist kein Halt mehr da und man kann nichts tun, um auch nur einmal das Charisma eines Wesens in diesem Sonnensystem wahrzunehmen.

Es gibt Teile und Zellen auf dieser blauen Kugel, die einfach vorbestimmt sind zusammenzugehören. Wird dieses Naturphänomen willentlich unterdrückt, so können sich zwei Atome nicht zu einem Molekül verbinden und verenden so erbärmlich wie ich."

6. Der Drache Im Duftblütenwald

Auf meiner Durchreise im grün-duftenden herbstlichen Guilin, am Li-Fluss, begegnete ich einem großen feuerspeienden grünen Drachen.

Dieser Drache hieß Ursus und sprach mit mir, als sei ich sein bester Freund.

Er trug ein großes goldenes Kruzifix um den Hals, welches so groß war, dass man es an eine Wand hängen könnte.

„Ooooh! Lieb. Oh, lieb, wunderbar lieb!", sprach er und zeigte sein ganzes Gebiss und machte mit seinen krallenähnlichen Händen und Fingern Gesten, als ob er sagen wollte, ich soll still sein und ihm einfach zuhören.

Dampf kam aus seinen riesigen Nasenlöchern und er schlängelte sich mit seinem schuppigen Körper in der subtropischen Luft um mich herum.

Seine Krallen machten Gesten des Geldes, formten sich zu Fäusten und der Drache Ursus freute sich, als hätte er irgendwo gewonnen. Ab und zu hob er auch nur die beiden Zeigefinger.

Dann gab mir dieses furchteinflößende Untier die Hand.

Zitternd hoffte ich aber, dass er sie bald wieder loslassen würde.

Dem feurigen Wesen gefiel auch mein Name und er raunte: „Es ist wichtiger, dass Dein Vater ein gutes Herz hat, als viel Geld. Die Scheidung Deiner Eltern tun aber leider Deinem goldenen Herz nicht gut!"

Danach kam ein heißer Feuerschwall aus seinem Maul und er flog durch die

hügelige Landschaft der Stadt des Duftblütenwaldes davon.

7. Erfrischende Welle

Azurblausmaragdgrünstichromantischkitschigrosaorangeganzeslebenvordeminnerenaugeabspielendurinstinktauslösendherbsüßblumigduftendmeersalziginnertkürzevorbeiziehendschiffbrüchigfühlenderfrischendewelle

8. Der Einarmige Pirat

Zu vierundzwanzigst präludieren die Töne auf den schwarzweißen Tasten des Spinetts eines einarmigen Piraten im Rumpf eines großen Segelschiffs.

Die Segel des Schiffes sind aber zerlöchert und somit gleitet sein Schiff ohne Richtung durch die Meere.

Seine Präludien steuern jedoch das unheimliche Piratenschiff durch alle Gezeiten, durch Sturm, durch Dürre, durch Schneehagel, durch Hunger, Durst und Dunkelheit,

durch Einsamkeit, durch Freude und durch Trauer.

Das angenehm metallisch klingende Spinett führt das mysteriöse Geisterschiff auch durch das Leben des darauf klimpernden Piraten mit dem Holzbein und der Augenklappe im düsteren Kerzenlicht. Und es lenkt es durch das Leben der Pflanzen, der Tiere und der gesamten Menschheit.

25

9. Granatapfelbaum

Im schattigen Wind erklingt aus weiter Ferne eine fremdartige Harmonie.

Getragen von zwei Löwen säuselt sie durchs tanzende tiefgrüne Laub und eine karge, aber fruchtbare, klippenreiche Landschaft spiegelt sich darin.

Karminrot entfaltet sich eine sinnbetäubende Melodie, eine sich öffnende Blüte in jenen Löwen dreier Herzen.

Wundersam verwandeln sich die blutigen, herunterrollenden Tränen in funkelnde Edelsteine; die Zeit wird aufgehoben wie im Bauch eines Kugelfischs, die Fleischeslust zur azurblauen Serenität.

Ein gestelzter Passgang hoch in den Lüften in den Hüften eines Porzellanelefanten pulsiert in den Adern dieser säuerlich-bittersüßen Narkose.

Der Mond zeigt fast sein ganzes Gesicht im Tageslicht.

Die beiden Löwen fletschen und eine Flinte fliegt flüchtig.

Flüstert finster, flehend den unsterblichen Tod ins Ohr.

10. Erotomanie

Urplötzlich übermannt einen eine Gier.

Es ist ein solch starker Drang nach Hartem, Animalischem, Verbotenem, Intensivem, Hirnbetäubendem, Sinnbetäubendem, Konzentriert und Intensivem, Lustvollem, Fremdem, Neuem und Fantasiebefriedigendem.

In solchen Momenten gibt es nichts, was das lodernde Feuer löschen könnte.

Nichts kann diese Kraft zähmen.

Das erotische Biest zu bändigen, ist niemand im Stande; Eros reitet nun auf dem Panther.

Es ist der Liebeswahn.

Dieses plötzliche Hineinsteigen des Biestes in den Körper bringt und zwingt einen dazu, es mit dem einzig wahren Exorzisten auszutreiben. Es lässt sich anders nicht verscheuchen.

Immer lauert es in einem, das Monster. Wenn man es auch versucht zu umgehen, taucht es immer wieder auf als eine schwarze Katze in der Nacht mit stechendgrünen Augen.

Irgendwann packt es zu und wirft einen zu Boden mit einer unvorstellbaren Kraft.

Dann geht der Kampf los und wer verliert ist immer der Besitzer dieses Monsters.

Dem Besessenen bleibt dann nur noch das stärkste Mittel übrig: ~~Die Hurenschrift~~ aus dem antiken Pompei.

Nach einem Exorzismus fühlt man sich aber ganz leer.

Der Körper ist dann herausgeputzt und das Biest nun endlich draußen oder auf jeden Fall für den Moment geschlagen. Die Flamme klein und beinahe erloschen. Das Feuer nur ganz schwach. Nun kreisen Gedanken, die Ordnung machen wollen. Diese sind etwas durcheinander, was da geschehen ist. Sie versuchen den Trümmerhaufen einer prachtvollen Renaissance-Stadt mit dem Bauplan von Leonardo da Vinci wieder aufzubauen. Neu zusammenzusetzen.

Sie empfinden dabei Reue und schalten auf Autopilot. Es ist eine Art Autolobotomie.

Während die Gedanken die Stadt aus dem ganzen Schutt wieder neu zusammenbauen, blasen die Fanfaren und die Kriegstrommeln donnern den Marsch für König Gewissen und für König Vernunft. Sie kommen auf dem hereinrollenden Teppich daher und verhandeln und besprechen, was geschehen war und wie sie weiter vorgehen sollen.

In der Zwischenzeit ist der Körper auf Zombie-Modus, da im Gehirn noch Verhandlungen geführt werden und Trümmer, zerbombte Monumente, Paläste, Kirchen, Straßen und viele wertvolle Gegenstände, Kunst, Musik und Literatur herumliegen.

Bis diese Stadt wieder aufgebaut ist, brauchen die ganzen Helfer und Helferinnen Zeit.

Siebzig Vaterunser auf den Knien bedeutet dies nun für den demütigen Büßer.

Nach einem oder mehreren Tagen geht es dann wieder einigermaßen normal her und zu und die kostbare Stadt mit den vielen Schätzen steht wieder und es herrscht über eine gewisse Zeit Frieden.

Die Bombe bringt zwar wieder Frieden, aber ein ganz leise-surrendes Insekt im Hirn bleibt noch versteckt. Die Katastrophe spült das Ungeheuer für den Moment weg. Nur eine Sintflut oder der Prinz des Friedens kann ein solch dämonisches Wesen

wegschwemmen…………………. ●

11. Die Schwarze Seele

Die schwarze Seele spricht:

„Suizid begehen; hoffentlich Unfall, gebe mir die Kugel!

59 Kugeln und ein Kreuz

Mein Beileid! – Mutter im Café.

Muttergottes

Zeit geschindet?

Zu wenig geübt! Wrack! Prüfung.

Mache ich mir und andern was vor? Null!

Wer oder was bin ich?

Nur ein Hirn mit Hülle?

Wieso bin ich hier drin und nicht bei jenem da vorne? Hirngespinst.

Lag es in Gottes Macht, zu bestimmen wer ich…

Ich… also, diese Kreatur sein mag?

Muss üben! Wird mein Körper eines Tages verwesen?

Oder von einer bösartigen Krankheit zerfressen?

Andere Hüllen empfinden Freude mit anderen. Wieso fehlt mir diese Zuneigung, bin ich unsichtbar?

Nein, morgen schwimmen, Langeweile keinen Ansporn, keine Motivation!"

Gloria Patri

12. Die Schwarze Rose

eine schwarze rose kann manchmal giftig grün sein und zubeißen wie eine schlange.

tödlich können die bisse sein, wenn in einem blauen monat der mond zweimal sein ganzes gesicht zeigt.

in solchen fällen blühen schwarze rosen besser, wenn sie für sich allein sind und nur ihr hypnotisierender duft zu uns herüberweht. denn ihre dornen sind die zähne eines feuerspeienden drachens.

wenn hingegen der wind weht, sollten wir die seltenen rosen gut festhalten, sonst trägt der wind die wunderschönen blumen für immer mit sich fort.

13. Liebessegen

Die morgendlichen Sonnenstrahlen duften und klingen mit dem fröhlichen Glockengeläut in der Kathedrale unserer Löwenherzen.

Lächelnde Blumen in allen bunten Farben flüstern uns Liebesgedichte zu und singen mit goldenen Stimmen im Engelschor.

Zwei liebevolle Frösche warten auf den Blättern der Weißen Seerosen und weisen uns den Weg zum Kelch mit den Ringen der ewigen Treue.

Mit silbernem Schweif und Mähne unter dem Aufgang der Sonne schnauben unsere glänzenden Pferde, die uns treulich zum Altar unserer Seelen führen.

Wir danken einander, dass wir uns lieben und mit dem rosafarbenen Schimmer, der aufblühenden schwarzen Rose, ziehen wir mit dem Liebessegen und der Herzenswonne dahin.

Wir danken, dass wir einander ins Herz geschlossen haben und nun den Schlüssel in der unendlichen Liebe verlieren können.

Zur aufgehenden Sonne und zum Regentag, über den leuchtenden Regenbogen und auf die Schneewehen der Sierra Nevada, mit den seelenvollen Klängen der Gitarre und dem Jubilieren der Violine, reiten wir mit wiehernden Pferden zum Glück unseres Lebens.

14. INRI

Eine beinahe gespenstische Stille umgibt mich. Nur meine eigenen Schritte hallen durch die imposanten, unvorstellbar langen düsteren Gänge.

Endlos hoch sind die kargen und kalten Wände aus grauem Stein mit den gotischen Bögen.

Heute bin ich ganz allein hier und fühle mich winzig klein in dieser immensen Kathedrale, wo die Luft voller Weihrauchschwaden und mit betäubendem Duft von Myrrhe getränkt ist.

Aus der hinter Gittern versperrten Krypta kommen fluoreszierende Skelette der Heiligen zu mir hoch, während von der Marmorkuppel Leonardos weiße Friedenstauben erschrocken davonflattern.

Steinerne Wasserspeier schauen den Tauben noch mit finsteren Blicken hinterher, als würden sie bald bei Sonnenuntergang zum Leben erwachen.

Die schmerzverzerrten Fratzen der neongrün-leuchtenden Skelette reißen mir die Kleider vom Leib und sind im Begriff, mich samt Haut und Haar aufzufressen.

Ich falle auf dem harten steinigen Boden und ein Skelett mit purpurner Priesterkleidung und einem Zepter voller blinkenden roten Rubinen brabbelte unverständlich vor sich hin: „Nackt bist Du hier auf die Welt gekommen und nackt sollst Du auch wieder fortgehen!"

Jetzt auf einmal dringen aber bunte Sonnenstrahlen durch die Kirchenfenster in allen nur erdenklichen Farben. Der gesamte Dom ist plötzlich ein irrwitziges Farbspektakel geworden.

Sogar der ganze heilige Schmuck und der Altar beginnen zauberhaft zu funkeln und direkt vor meinen Augen schreibt eine magische unsichtbare Hand die Überschrift INRI in den Boden.

15. Der Geigenlehrer

Es windet und stürmt heute Abend in einer abgelegenen Ortschaft am Flussufer.

In dieser gruseligen verregneten Finsternis, wo Blitz und Donner fast noch der einzige Trost sind, brennt in einem uralten verlassenen Schulhaus noch flackerndes Kerzenlicht.

Am Fenster sieht man ab und zu eine schwarze Silhouette hin- und hergehen.

Das schwere Eingangstor zum Schulhaus ist mit einem verrosteten altertümlichen Schloss versehen, in dem noch ein großer verzierter Schlüssel mit langem Bart aus einer früheren Zeit steckt.

Im Inneren des Gebäudes führt eine leicht schräge Treppe durch die Gänge hinauf, wo sägende Geräusche zu hören sind.

Die Geräusche verwandeln sich allmählich zu Tönen, zu einer Melodie, zu einer Geigensonate.

In einem beinahe unheimlich langsamen Tempo schlendern Schritte die kurvige Treppe hinunter.

Ein leicht verstörtes Kind, bleich mit aufgerissenen Augen windet sich aus dem schweren Tor aus Eichenholz in die kalte Dunkelheit heraus.

Es erklingen wieder Töne zusammen mit einem geflüsterten Stoßgebet. Diesmal sind die Sirenentöne wie springende Gummiseile von hoch nach tief in einer endlos erscheinenden Repetition.

Im obersten Stock, mit dem Rücken zum Betrachter gekehrt, stimmt ein gekrümmter bärtiger Geigenlehrer mit gestricktem Großvaterpullover die Geige eines weiteren etwas ängstlich dreinschauenden Kindes mit weit geöffneten Kulleraugen.

Draußen regnet es immer heftiger und donnert immer lauter und auf einmal dreht sich der Geigenlehrer um…

Im gellenden jadegrünen Licht des gerade eintreffenden Blitzes flimmern seine Glasaugen entsetzlich im Widerhall seiner diabolisch-infernalen, satanischen Teufelssonate.

16. Die Unterschrift Des Künstlers

Der Künstler malt für seine Unterschrift mit dem Pinsel und blaugrüner Farbe einen Buchstaben und eine Zahl auf die Leinwand.

Da sagt der Buchstabe zur Zahl: „Ich verspreche mich nie!"

Daraufhin die Zahl: „Und ich verrechne mich nie!"

...

Der Maler vollendet nach einer gewissen Zeit ein weiteres Gemälde und möchte dieses wieder mit dem gleichen Buchstaben und der gleichen Zahl signieren.

So sagt die Zahl: „Buchstabe, wir werden nun auch für das neue Bild gebraucht. Du kommst sicherlich auch mit? Ich rechne mit Dir!"

Der Buchstabe antwortet: „Versprochen!"

Auf dem neugemalten Bild standen schließlich weder Buchstabe noch Zahl.

17. Das Pfeifende Ohr

Das Ohr spricht zu seinem Träger:

„Nur auf dem Bett liegen kannst Du!

NIX tun!

Magen nicht OK.

Du bist heeeesslich! Ja, das bist Du. Egal, wen kümmert's.

Hilft Entspannung mit beruhigender Musik und zeichnen?

Pessimist!

Kannst nicht zur Ruhe kommen. Schlafen schon gar nicht.

Willst nicht, dass morgen die Sonne aufgeht!

Es beginnt in mir zu pfeifen; hat etwa jemand einen Gedanken an Dich
verschwendet?"

18. Verwundet

Im orangefarbenen Rauch meiner Tabakpfeife widerspiegelt die Leinwand mein verwundetes Ich.

Wer ist dieses Ich, das wieder in derartige Tiefen des seelischen Ozeans getaucht ist?

Die meisten Menschen schwimmen unbeschwert an der Wasseroberfläche

Und einigen wenigen fällt es jedoch schwer mit ihnen mitzuschwimmen.

Ich trage heute eine grüne Weste, weil mich die liebe Grüne Fee besucht hat.

Sie lebt in der fantastischen Welt unter Wasser, wo auch alle Schriftsteller, Künstler und Musiker sich nachts aufhalten und ihre Gedanken austauschen.

Immer wieder versuche ich es, an die Oberfläche zu kommen und mitzuschwimmen mit den glücklichen Gesichtern und den freudigen Gesprächen über das sonnige klare Wetter und die aktuellen Themen, die morgen bereits wieder vergessen sind.

Viele Frauen scheuen sich im Innersten vor mir, weil ich ein guter und schöner Mensch bin und meine Seele sich ihnen ganz öffnen kann. Das können wir, die sich der Unterwelt hingeben, da dort unser Geist seine Flügel ausbreiten und weit in unendliche Galaxien fliegen darf.

Es gibt allerdings in der Dunkelheit dieser Welt nur einen Leuchtturm, der uns leitet und Licht gibt.

<u>Das ist Gott</u>.

Heute aber war ich an der Oberfläche und fühlte mich gezwungen einer tauben Frau, die nicht ein einziges Mal in unsere wundersame Welt horchen mochte – sie hatte Angst davor, panische Angst die behutsame Wasseroberfläche nur für einen kleinen Moment zu verlassen, um lediglich einmal hinzuhören was ihre eigene Seele ihr sagen wollte – mein Ohr für die Verbindung zur Unterwasserwelt zu geben.

Ich bin jetzt wieder da verwundet in meinem Körper mit einer russischen Mütze und als Strafe habe ich oder hat jemand in meinem Kopf befohlen, meinen Bart abzuschneiden. So fühle ich mich traurig und schwach und muss jetzt noch eine Weile hier in der Oberwelt warten.

Die Leute denken, ich sei verrückt, aber sie haben einfach Angst zu verstehen, dass auch sie einen dunklen Keller haben und sich auch nicht getrauen, sich vom Leuchtturm leiten zu lassen *Punkt*

19. Perle Des Wassers

Durch das Spiegelbild des türkis dampfenden Badezimmers in einer Perle des Wassers unter der Dusche dringen über die weißen Pupillen, durch die Hirnrinde direkt ins Herz und dann in die zutiefst gerührte Seele die Worte Lorcas:

Verde que te quiero verde.

20. Gefangen Im Löwengehege

Der Schlüssel fällt runter, man wacht auf und weiß nicht mehr, wo man ist.

Riecht es nach Katzenurin und frischem Blut oder sind es einfach die vergangenen Narben der Löwenkrallen in meiner Einbildung?

Das Gehege ist nicht gut begehbar, da überall Knochen und Totenschädel herumliegen, die einem leicht die Füße aufschlitzen könnten.

Den Schlüssel des Käfigs bis zum Anschlag drehen, dass einem das scharfe Metall tief ins Fleisch eindringt und die Knochen zu zerbrechen scheinen, wohlwissend, dass die Gittertür längst abgeschlossen ist.

Dreimal am Tag beten aus Angst in der Grube, in die man einmal selbst hineingefallen ist, von den Löwen gefressen zu werden. Trotzdem aber nicht herausgehen, aus Angst vor dem Krieg und der Verachtung der Menschen, die einen **zu Tode steinigen würden.**

21. Pan Im Schilf

Ein lauer Sommerabend. Die Frösche quaken, Grillen zirpen und majestätische Libellen kreisen über den in der Abendsonne glitzernden olivgrünen Weiher im idyllischen Niemandsland.

Auf einem sumpfigen Pfad, der durch das endlos dichte Schilfdickicht führt, sind Fußstapfen von zwei Hufen zu sehen und einige Schilfrohre liegen am Boden verstreut.

Am Ufer des Weihers fällt eine Träne ins Wasser und durch die vielen kleinen Wellen sieht der Betrachter unendlich viele Spiegelungen bis ins Innerste seines Ichs dringen.

Jetzt verwandeln sich die Libellen, Grillen und Frösche in Boten des Schilfrohrzaubers.

Flötenartige Giftpfeile bohren sich durch das Gehör und durch Mark und Bein.

Die Spiegelung lässt eine verführerische Wassernymphe erscheinen, mit welcher der Betrachter einen Liebestanz eingeht. Die mysteriöse Nymphe ändert jedoch ihre Gestalt und der schweißgebadete Halluzinierende erfährt in seinem Delirium auf einmal starke Reue.

Hörner sprießen aus dem Kopf des Ichs mit den Hufen, das mit dem Teufel getanzt hat und gleichzeitig der Betrachter ist, der das Kunstwerk vom Spiegel des Wassers vollendet.

22. Die Seele Der Tiere

Zwei Kühe mit blutverschmierter Schnauze waren gerade bei der Mahlzeit auf einer Alpenweide.

„Haben Menschen eigentlich eine Seele?" fragte die schwarzweiß gescheckte Kuh ihre braunrötliche Kollegin.

„Keine Ahnung!", sagt die braune Kuh, „Aber ich glaube, in der Heiligen Tierschrift und im Kuhevangelium steht nichts darüber.

Es gibt nur eine einzige Stelle in der Tierbibel, im ersten Kuhrinderbrief, wo Taurus sagt: Gott ist Alles in Allem. In jeder Pflanze, in jedem Menschen und jedem Tier."

Da sagt die Schwarzweiße, während sie ihr Menschenfleisch am Kauen ist: „Die Menschen tun mir irgendwie leid. Sie sind so putzig und zum Kuscheln, Knuddeln und Spazierengehen die treusten Begleiter. Und schmecken tun sie auch noch vorzüglich! Roh, sowie gekocht, als auch gegrillt oder gar flambiert. Aber ich habe so ein schlechtes Gewissen und diese ganzen Menschenhaltung in den Großstädten auf engem Raum. Muh!"

„Mach Dir mal nicht solche Sorgen!", sagt die Braune schmatzend, die gerade das restliche Fleisch an einem Menschenfinger am Abnagen ist. „Menschen sind erstens Kaltblüter und fühlen nichts, zweitens sind sie Nutzmenschen. Was würden sie sonst so allein in den Städten machen, wenn sie nicht von uns gebraucht werden? Auf kargen Alpen und Weiden könnten etliche Kühe nicht mehr überleben, wenn sie sich nur noch von Gras ernähren müssten, und außerdem ist Grasfresserei ein Luxus, den sich nur Reiche leisten können! Pfui, zur Hölle mit diesen Reichen!" sie schmiss den Fingerknochen verärgert auf den Boden.

„Unsere ganzen Vorfahren haben auch schon Menschen genutzt und gegessen. Und jetzt muss ich mich auch noch vor Dir rechtfertigen, Du blöde Kuh!"

Daraufhin sagte die etwas nachdenklich dreinschauende gefleckte Kuh nichts mehr, aber sie war von diesem Moment an von einer Seele in den Menschen überzeugt und fing an, nur noch grünes Gras zu fressen.

48

23. Green

Meine Uhr ist still wie ein Mäuschen und ihre Seele plötzlich davongeflattert.

Die Zeit ist mir fremd geworden. Um mich herum ist alles grün, weshalb ich auch nicht mehr sagen kann, ob es Tag oder Nacht ist.

Nur am Boden kriechen kann ich ohne Atemnot und der Geist hält seiltänzerisch kaum mehr sein Gleichgewicht.

Die Giftpfeile des schallenden Lachens eines Pfeifers durchbohren meine Psyche.

Meine Luftzufuhr ist gelähmt in diesem toxisch-grün-leuchtenden Dunst.

Es ist genaugenommen ein Paul-Veronese-Grün, das mich umgibt und irgendwo im harzduftenden, herbsüßen Zauberwald höre ich ein bleifarbiges Gewässer rauschen.

Gedankenfetzen eines sinnbetäubenden Lächelns.

Sanfte Hände und zarte Gesichtszüge.

Ein Götterbild.

Ein Blitzstrahl von Eleganz und Grazie.

Juvenilität, aber Matriarchalität.

Der steinige Boden mahnt mich an die kargen Klippen, wo ihm Mutter Gottes erschien, wo die schwarze Rose aufblühte und die Tränen des Künstlers eine Gestalt erschufen, die als Frau aller Frauen, Mutter aller Mütter, Figur aller Figuren der Malerei in das innere Auge der Menschheit eintaucht und sie mit ihrem Spiegel durch das Tor der Weltenseele führt.

24. Wenn Der Mond Grün Leuchtet

Bis jetzt habe ich immer den falschen Stift verwendet und konnte Euch leider nie richtig schreiben.

Ihr seid gegangen und habt viele mit Trauer in den Augen zweifelnd und grübelnd in den Pfützen ihrer bitteren Tränen stehengelassen.

Ich möchte Euch sagen, wie sehr Ihr mich inspiriert habt. Ihr habt mich und die ganze Welt ein Stück näher zum Paradies gebracht.

Ihr seid die Könige. Ihr seid die Boten Gottes, die unserer Welt so viel Farbe, Sprache und Töne geschenkt habt.

Wenn nachts der Mond grün leuchtet, habe ich das Gefühl mit Euch sprechen zu können.

Ich weiß, dass Ihr hier noch irgendwo seid und wahrscheinlich jetzt meine Schrift lesen könnt.

Mögen Eure Seelen für immer bei uns bleiben

52